카톡의 부활

P.S 디카시선 2

카톡의 부활

이서은

밥북

1
08:30

스쳐 가는 것들에 눈길을 주었다고 생각했지만
바람과 꽃과 뒷모습이 아름다운 이들,

하물며 김빠진 맥주캔
나를 바라보고 있었다

정말 소중한 것들은 언제나 낮고 사소한 것에 있었음을,
길 위에서 만난 모든 것들에 감사함을 전한다.

1
08:30

2024년 초여름,
이서은

차례

1부
마른장마

2부
딱 한 번의 기회

3부
반갑다 친구야

4부
모스부호

1부
마른장마

돌짜장

돌을 먹으라는 거야?

짜장을 먹으라는 거야?

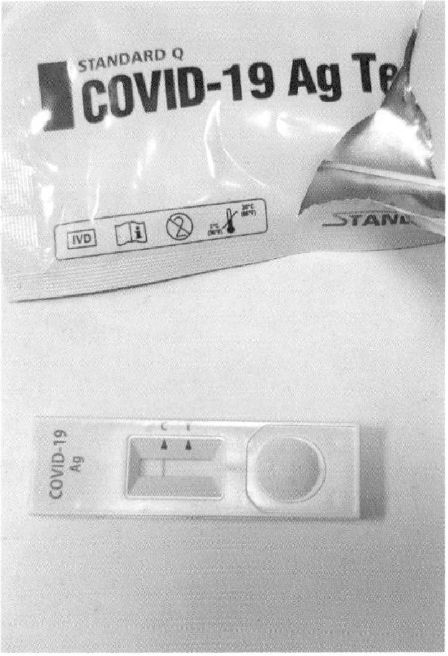

너 코로나야? 나 임신이야

혹시
두 줄이면 어떡하지?

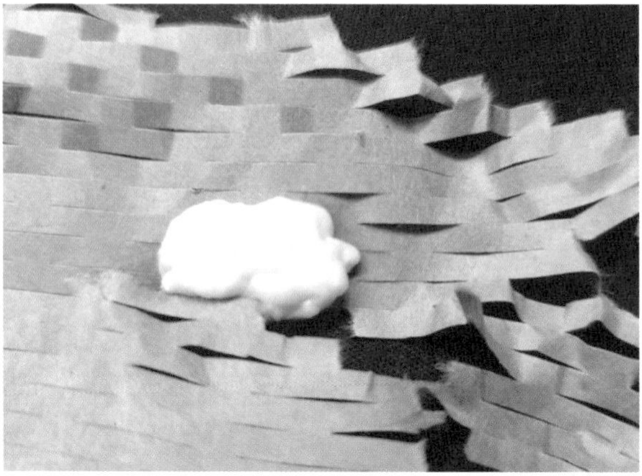

씹던 껌

단물만 빼먹고
나를 버린다고?
흥,
누가 이기나 해보자

루틴

익숙함을 버리기란 불편한 일

누구나 변화를 원하지만

그 결과는

커피만큼 쓰다

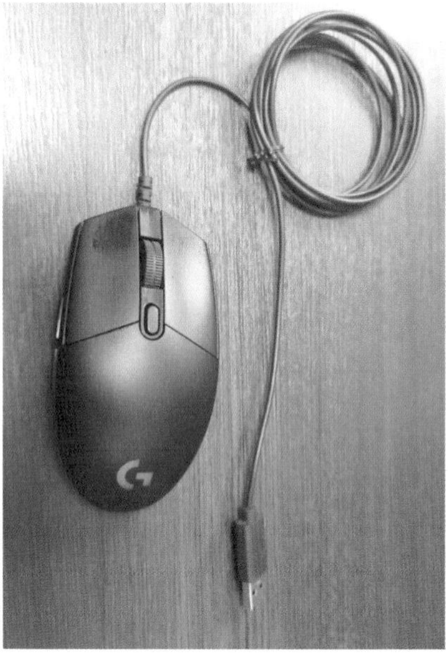

월급

쥐꼬리 만한 내 월급은

언제쯤 길어질까?

다시 태어난다면

잡으려고 하면 할수록
미끌미끌 빠져나가지
너무 애쓰지 않아도 괜찮아

갑자기 오는 계절은 없다

갑자기 봄이 왔다
갑자기 그 사람이 변했다
매일 조금씩 오고 있었지만
눈치채지 못했던 건 아닐까?

낚시질 좀 그만해

베스트에 낚이지 마라

무릎을 조금만 구부려봐

그 아래

진짜가 숨어 있다

조속도로(鳥速道路)

새들도 길을 잃을 때가 있다

하늘을 빙빙 배회하고 있을 때

전봇대를 찾는 것은

가야 할 곳을 빠르게 찾기 위함이다

타고난 집사

성질 급한 집사가
습관처럼 주인의 맥주캔을 먼저 땄다
그렇지 타고난 신분은 숨길 수 없는 거야

꽃길만 걷자

너를 위해 준비했어
너는 그냥 이 길이 끝나는 곳까지
걸어오면 돼
꽃길이 끝나는 곳에 내가 서 있을게

봄날의 호수

바람의 수위가 맨살에 닿는 순간
연못의 붉은 심장이 깨어났다
하늘이 출렁,
봄을 물고 왔다

카톡의 부활

부활절 예배가 끝나고
삶은 달걀을 나눠 먹은 사람들이
소금도 없이 프라이팬에
까만 노른자 터트린 사연을 배달했다
병아리도 안 나올 텐데 걱정이다

닭장?

배수구 그레이팅 속에 사람이 산다
밥도 먹고 잠도 자고
애도 낳는다
비가 오면 떠내려가는 꽃잎들처럼
다닥다닥 붙어서 돈을 먹는다

누가 진짜 걸레?

3.3m² 바닷속을 헤엄치면
나도 깨끗해질 수 있을까
여의도에도 광화문에도
묵은 때가 쌓여있는데

만 보 피아노

하루 만 보씩 걸으며 득템한
쿠폰을 매장에 내민다

정체불명의 딸기가
믹서기에 갈아지는 동안
몸값도 오를 수 있을까?

도시 광산

지식의 바다
얼마나 파야 끝이 보일까
삽, 곡괭이, 해머 드릴,
끝이 보이지 않는 막장

너 T야? 난 P야

뭘 봐,

니가 내 맘을 알아?

고양이 성격유형검사 해봤어?

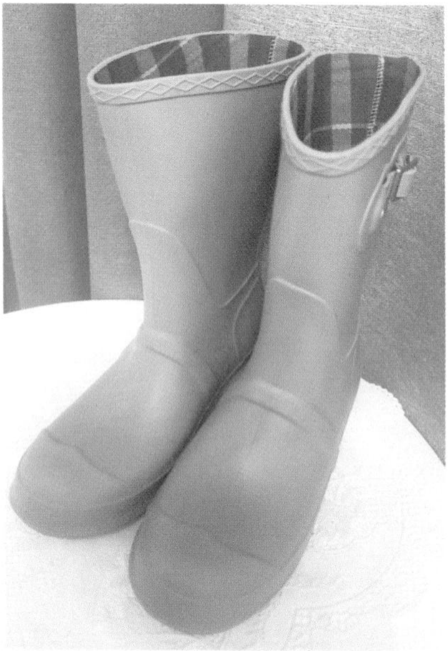

마른장마

큰 맘 먹고
레인부츠 한 켤레 질렀다

비가 그쳤다

자살 소동

내 속은 천불이 나더라도

너만 시원하다면,

이번엔 용서해주기로 한다

비우고, 채우고

채우기만 급급한 네모난 세상에서

비우고 비워야지.

과감히 수직하강 하는 빗소리처럼

2부
딱 한 번의 기회

108배

하루를 온전히 살지 못한

인간을 대신해

오체투지를 올린다

담쟁이

묵묵히 그리고 담담하게 당신을 응원해요
아무리 높은 벽도 어깨를 나란히 하면
이제부터 탄탄대로

바늘꽃

연분홍 치마를 뒤집어쓴 채
그리운 사람에게만 살짝,
열어 보이는
뜨거운 주파수

우등 버스는 왼쪽으로 자야 한다

타면 바보,
안 타면 열등,
쳐다만 보면 꼴등,
잘 때는 우등

고각 케이크

내가 보는
하늘은 세모다
한 조각
떠먹으면
파란 맛이 날까?

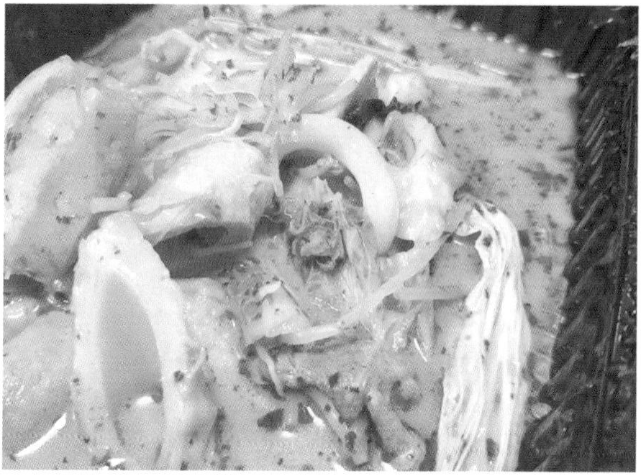

술 마시지 마라-탕!

술은 딴 놈이랑 마시고

해장은 왜 나를 먹어?

버려진 사랑

핑크빛이 물들 때는 좋았지?

초록이 찾아오자마자

나를 버린 너를

용서해야 할까

딱 한 번의 기회

지우고 나면
다시는 기억할 수 없을 거야
각오해
너도 곧 잊혀질 테니까

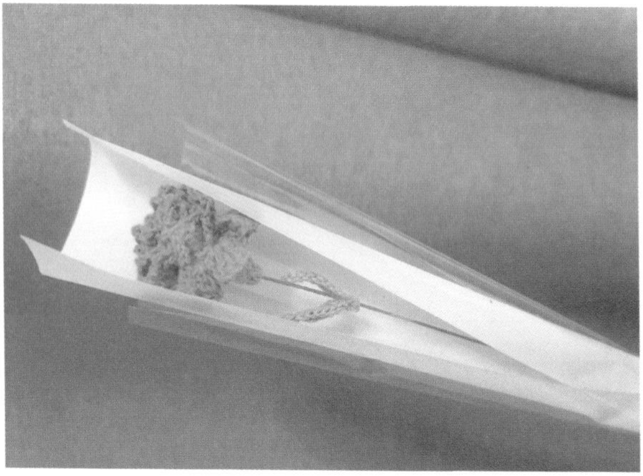

향기 없는 꽃

무엇이든지 만들어내는 세상이지만
아름다움까지 뜨개질할 순 없다
시들지 못하는 죄로
무기징역이다

밴댕이 속은 알 수 없다

돈만 넣으면
또르르 굴러 나온다
달달한 물을 가득 담고,
내 몸속을
달달 볶는다

니 펜? 내 팬?

너는 쓸 수 있고
나는 그런 너의 팬이고
이도 저도 아니면
그냥 프라이팬,
나만 따라다니는
극성 팬

욕망의 성

결핍이 쌓이는 중이다
거짓말처럼 차곡차곡,
내 코가 길어지고 있다

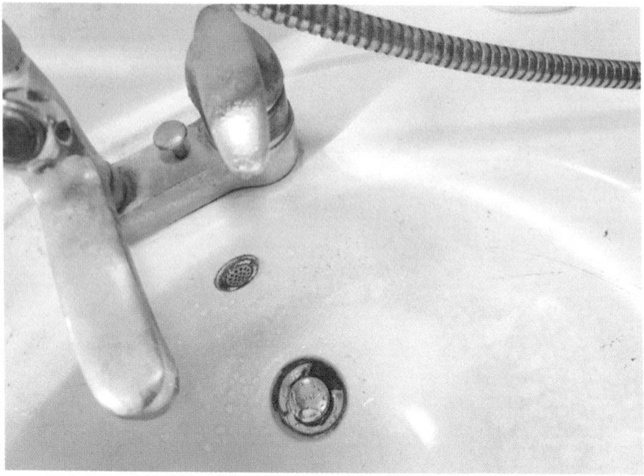

기회

눈물이 수도꼭지처럼 흐르는 날에도
그대 마음만은 꼭 잠그지 말아요
당신 삶에도
언젠가 무지개가 뜰 거예요

간택

누가 알려주지 않아도

찬바람만 불면

무장해제다

팔려 가는 건

시간문제다

달바라기

도시의 화려한 불꽃은 필요 없다

그대를 비추는

눈동자 하나,

눈 감지 않고 바라볼 수밖에….

장르만 계절

이토록 절정이었던 적 있었나
이 계절은 온통
'당신'이었으면 좋겠다

키다리 아가씨

그늘은 언제나 슬퍼
기댈 곳이 필요하지
혼자 있는 게 싫어
하루 종일 따라다니다
그늘 속으로 숨어버리지

몫

마지막 잎새를 떨구는 것은
나무의 몫,
한 계절을 건너가는 것은 나의 몫,
그리고 당신의 몫

석탄병

삼키기도 아까운 계절

꿀꺽,

숨을 참고

노랗게 질린 그리움

분신(焚身)

하늘은 얼마나 억울했을까
스스로 제 몸에 불을 붙이고
걸어가는 저 몸짓
언젠가 보았던
내 어머니의 춤사위

빛의 무덤

하루만큼의 쓸모를 다하고
유일하게 죽음을
기다리는 꽃

3부

반갑다 친구야

물고기 장례식

붕어 다섯 마리,
입관을 마쳤다
이제 화장로에 들어갈 차례,
화장장 주인은 지금 부재중이다

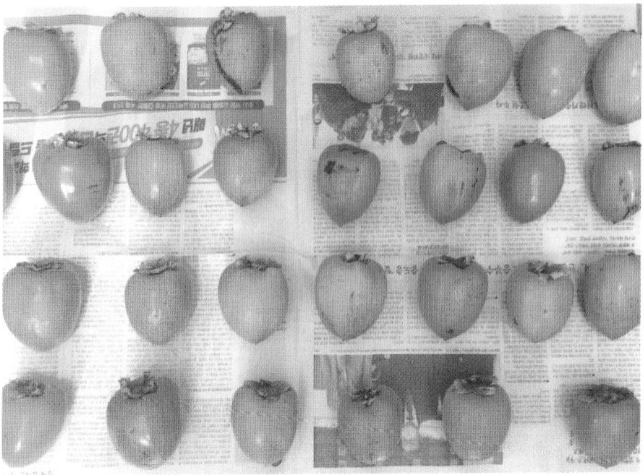

감, 면접 중

줄 선다고 모두
기회가 오는 것은 아니다
빨리 신문기사를 읽고
면접관의 질문에 대답할 준비를 해야지,
어때 감 잡았어?

반갑다 친구야

너 먼저 뛰어내릴래?
아냐, 너 먼저
그럼 하나, 둘, 셋하면
동시에 뛰어내리는 거야,
알았어.

눈 맞춤

모두 잠든 시간,
우리들만 아는 눈빛을 맞춘다
내 눈엔 너만 보여

드라이브스루 맞는 감?

창문만 내리면 되는 감?

카드만 주면 되는 감?

맛은 있는 감?

영, 감이 안 잡혀서 원…

이빨 빠진 호랑이

아무도 두려워하지 않는다

바람만 드나들 뿐

양심 없는 놈

니가 나한테 준 게 없는데
겨우 지렁이 하나로
내 코를 꿰려구?
뻔뻔한 인간 같으니라구,
부끄럽지도 않냐?

저승사자

형이 먼저 들어가 볼래?

네가 더 젊잖아

그만하자,

이러다 엄마한테 들키면 둘 다 혼나겠다

배 째라 고지서

요금 올릴 거야

이유는 없어

조건도 없어

기분 나쁘면 타지 말던가

시민은 시장의 밥이야

면벽 수행 중

스타벅스寺 법당에 앉은
아가씨들,
누가 먼저 머리를 깎을 것인지
서로 눈치만 보고 있다
번뇌의 보따리는 탁자 위에 올려놓고

입춘대길

회색빛 하늘에 수놓은

단 하나의 몸짓

봄이 펄럭이기 시작했다

벌초

죽은 후에 단정함이 무슨 소용 있을까
매일 눕는 구름 같은 무덤
잡초 없이 뽀송하게

도시의 염원

헛된 욕망이
바쁜 사람들을 대신해
눈 녹듯 쌓여가고 있다

단추

어디부터 채워야 할까
풀어 놓은 단추가
실밥에 매달려 하늘 구멍이
닫히기만을 기다리고 있다

이무기 길을 떠나다

깊은 밤 승천을 위해
대관령 기슭을 기어오른다
반짝이는 비늘과
긴 꼬리는 위장술이다

이별 연습 중

레일 위에 올라앉아
전국을 이어주는 ktx
영원히 마주 보기만 해야 하는
너와 나는 만날 수 있을까

가위를 냉장고에 넣는 법

반찬 통을 꺼낸다

반찬 통을 연다

반찬을 꺼낸다

가위를 넣는다

냉장고 문을 닫는다

백조의 휴일 아침

밥하기 싫다
설거지도 싫다
오븐을 열고
오 분만 기다리면 된다
오늘 하루 팔자 좀 피자

목적어가 잠든 거리

근데 우리 어디 가는 거야
그냥 걷는 거야
때론 목적 없는
저녁이 좋다

징크스

도대체 뭘 먹은 거야
너의 뱃속에만
들어갔다 나오면
비가 오더라

홍역

겨울이 남기고 간 발자국이
고열에 신음하고 있다
그대 닮은 연둣빛 발목마다
수포가 번지고 있다

4부

모스부호

가스라이팅

인생 역전을 꿈꾸며

목덜미 흰 여인 앞으로

사람들이 모여든다

찌릿, 마지막 심지가 꺼지기 전,

달팽이관을 들어 올린다

카네이션 유감

엄마, 쏘리

올해도 이걸로

퉁쳐야 할 것 같아

천년만년

5월의

봄 햇살 아래 깍지 낀 손 놓지 말아요

사랑한다면 우리처럼

이삭줍기

밀레도 울고 가겠네

그래 가지고 오늘 안으로 뜯겠소?

솟아라

궁뎅아

때가 있다

자꾸 찌르지 마

때 되면

익어!

관계

파도의 끝에서도
빨간 등대는
떠 있다

신상이 입고됐어요

빼꼼,

갓 배달된 오늘 하루
선점하세요

바람의 달팽이관

파도의 마지막 말이 궁금하다
고요하게 다가와
쫑긋 귀를 세운다

역지사지

내 속 파먹으니

너는 시원하고

나는 허전하고

무덤으로 가는 급행 티켓

짧아지는 숨소리만큼
걱정도 덮을 수 있을까
연기와 사라지는 운명

섬

얼마나 파야
저 섬 하나를 묻고
헤어질 결심을 할 수 있을까
탕웨이처럼

모스부호

허리가 꺾인 자리마다
기호가 쌓여간다
그리다 만 계절은
언어가 되지 못한 채
다시,
바람을 기다린다

희망의 간격

발자국을 따라서
떠나간 영혼은
돌아올 수 있을까

모서리

모든 모서리는
외면한다
같은 면으로 빛나기 바쁜 세상,
살짝 고개만 돌려도
허기는 면할 수 있다

팝콘 튀기는 중

12월의 뒤꿈치에
입을 맞춘다
그대의 숨결은 달콤한 캐러멜 맛
나의 숨결은 짭조름 소금 맛

언박싱

하루 종일 굶었다
햇살이 쨍쨍해서 오늘은 우산을 들고 오는
사람이 아무도 없었다
간헐적 단식이 시작되었다

버티면 황태 된다

젊은 날에는 알지 못했다
형벌 같은 태양도 약이 된다는 것을
나를 믿어주는 것도 능력이라는 것을

내 안에 우주 있다

밀어?

당겨?

아니,

당신은 그냥 들어와도 돼요

제3의 눈

낮은 곳을 보고 싶어서
무릎에 눈동자를 새겨두었다
비 오는 날마다 무릎을 세우고
울음을 삼키던 외할머니의
오래된 눈동자가 웃고 있다